Collection de M. L...

MAGNIFIQUES TAPISSERIES

OBJETS D'ART

ET DE BEL AMEUBLEMENT

Remarquables Étoffes anciennes

TABLEAUX

Œuvres importantes d'EUGÈNE DELACROIX

Mᵉ G. BOULLAND | M. A. BLOCHE

COMMISSAIRE-PRISEUR | EXPERT

26, rue des Petits-Champs, 26 | 44, rue Laffitte, 44

CATALOGUE

DE

MAGNIFIQUES TAPISSERIES

DE LA

Renaissance et du XVIIIe siècle

Remarquables Étoffes anciennes

OBJETS D'ART ET DE RICHE AMEUBLEMENT

Belle Argenterie — Bronzes — Marbres
Grand Vase en porcelaine de Sèvres
Lustre en cristal de roche — Beaux Meubles en bois sculpté
Très bel Ameublement de Salon en tapisserie de l'époque Louis XV

TABLEAUX ANCIENS ET MODERNES

PARMI LESQUELS

Quatre Œuvres importantes d'Eugène Delacroix

D'AUTRES PAR

Karl Daubigny, Palizzi, Paul Delaroche, Detaux
Hobbéma, Antonio Moro, Slingeland
Cuyp, Nicolas Maas, Lemoine, Chardin, Simon Vouet

BEAUX BIJOUX

Formant la Collection de M. L***

ET DONT LA VENTE AURA LIEU

HOTEL DROUOT, SALLE N° 1

Les Vendredi 24 et Samedi 25 Avril 1885

A 2 HEURES 1/2

Me G. BOULLAND	**M. A. BLOCHE**
COMMISSAIRE-PRISEUR	EXPERT
26, rue des Petits-Champs, 26	41, rue Laffitte, 44

EXPOSITION PUBLIQUE

Le Jeudi 23 Avril 1885, de 1 heure 1/2 à 5 heures 1/2

CONDITIONS DE LA VENTE

Elle sera faite au comptant.

Les acquéreurs payeront *cinq pour cent* en plus des prix d'adjudication.

L'exposition mettant le public à même de se rendre compte de l'état des objets, aucune réclamation ne sera admise une fois l'adjudication prononcée.

Paris — Imprimerie de l'Art, E. Ménard et J. Auvry,
41, rue de la Victoire, 41.

N° 1.

Désignation des Objets

TAPISSERIES

1 — SUITE DE CINQ MAGNIFIQUES TAPISSERIES DE LA RENAISSANCE représentant des scènes de l'*Histoire de Troie*. Composition remarquable de milliers de figures, cortèges royaux, armées en marche, présentations aux généraux vainqueurs, dans des paysages accidentés avec vue de montagnes en perspective et de villes fortes.

Très belles bordures représentant dans des médaillons des scènes galantes à petits personnages du temps d'Henri IV, une suite de treilles enguirlandées de fleurs au milieu desquelles des enfants et des jeunes filles prennent leurs ébats. Aux angles sont groupées des figures allégoriques sous des bosquets et sur les côtés des médaillons à sujets champêtres, des enfants dansant autour de corbeilles de fleurs.

La première, représentant l'Enlèvement de la Belle Hélène, mesure : haut., 3 mètres ; larg., 4 m. 50 cent.

La seconde représentant le Débarquement de

la Belle Hélène, mesure : haut., 3 mètres ; larg.,
4 mètres.

La troisième, représentant le Camp des assié-
geants devant Troie, mesure : haut., 3 m. 30 cent. ;
larg., 3 m. 30 cent.

La quatrième, représentant la Prise de Troie,
mesure : haut., 3 mètres; larg., 5 m. 30 cent.

La cinquième, représentant l'Entrée triomphale
des Grecs, mesure : haut., 3 mètres; larg.,
3 m. 90 cent.

2 — SÉRIE DE SEPT BELLES TAPISSERIES représentant
des scènes de l'*Histoire d'Ulysse*. Gracieuses
compositions à nombreux personnages dans des
paysages mouvementés avec vue de mer en perspective. Jolie bordure à fleurs et palmes. Époque Louis XIV.

Première mesure : haut., 3^m,20; long., 2^m,10.
Deuxième mesure : haut., 3^m,20; long., 2^m,10.
Troisième mesure : haut., 3^m,20; long., 4^m,60.
Quatrième mesure : haut., 3 m.; long., 3 m.
Cinquième mesure : haut., 3^m,20; long., 2^m,70.
Sixième mesure : haut., 3 m.; long., 2^m,70.
Septième mesure : haut., 3^m,20; long., 3^m,90.

N° 3

3 — SÉRIE DE CINQ BELLES TAPISSERIES représentant des scènes de l'*Histoire de Renaud et d'Armide*. Charmante composition de petits personnages gracieusement groupés dans des jardins avec superbes bordures offrant des cartouches à enroulements, des médaillons, des amours retenant des festons de rubans, des guirlandes et des corbeilles de fleurs, avec cartels à trophées et coquilles aux angles. Époque Louis XIV.

Première mesure : haut., 3m,30; long., 2m,50.
Deuxième mesure : haut., 3m,40; long., 5 m.
Troisième mesure : haut., 3m,40; long., 5 m.
Quatrième mesure : haut., 3m,50; long., 2m,50.
Cinquième mesure : haut., 3m,40; long., 1m,80.

4 — BELLE TAPISSERIE représentant la *Danse champêtre d'après Téniers*. Composition de trente personnages dans un paysage des plus pittoresque. Bordure à ornements simulant un encadrement.

Haut., 3 m, 10 c.; long., 5 m, 20 c.

5 — TAPISSERIE dite *Verdure* représentant un paysage montagneux et boisé animé d'oiseaux. Bordure à guirlandes de fleurs et nœud de rubans.

Haut., 3 mètres; long., 3 m, 30 c.

6 — TAPISSERIE dite *Verdure* représentant un paysage avec vue de château fort, arrosé par une rivière, émaillé de fleurs et animé de volatiles. Bordure à coquilles et rubans simulant un encadrement.

Haut., 2 m. 50 cent.; long., 3 m. 60 cent.

7 — TAPISSERIE du temps de Louis XIV, représentant Apollon chez les Muses, bordure à fleurs et fruits enroulés de palmes.

Haut., 3 m. 10 cent.; larg., 3 m. 10 cent.

8 — TAPISSERIE des Flandres représentant une scène à personnages surmontée d'une inscription, avec bordure à attributs et armoiries à cartouches fleurdelisés.

Haut., 3 m. 85 cent.; larg., 2 m. 65 cent.

ÉTOFFES

9 — REMARQUABLE DEVANT D'AUTEL en velours rouge très richement brodé d'or et de soie, représentant *la Nativité, le Baptême* et *les Apôtres*, sous des arceaux supportés par d'élégantes colonnades et surmontés de rinceaux, d'enroulements et de feuillages. Bandeau et montants couverts d'arabesques et de guirlandes de fleurs en or, argent et soie. XVIe siècle.

Pièce des plus rares, et dans un parfait état de conservation.

10 — MAGNIFIQUE DEVANT D'AUTEL en brocart d'argent brodé de fleurs et feuillages, entrecoupé de bandes en velours rouge brodé d'arabesques en or, soie et argent, avec bandeau et montants en velours rouge richement ornés de rinceaux et de grands feuillages en broderie. XVIᵉ siècle.

Conservation remarquable.

11 — MAGNIFIQUE DEVANT D'AUTEL en broderies d'or et d'argent, représentant des arabesques et des rinceaux enrichis de chatons, avec bandeau en satin rouge richement brodé de rinceaux feuillagés et de médaillons au chiffre du Christ et aux initiales A. M. en or et argent. Montants à arabesques et médaillons à coquilles. XVIᵉ siècle.

Remarquable par sa conservation.

12 — BEAU DEVANT D'AUTEL en brocatelle verte à dessin jaune, entrecoupée de bandes en velours rouge bordées de galons brodés. Bandeau et montants en satin rouge brodé de rinceaux, garni d'effilés de soie. XVIᵉ siècle.

Bien conservé.

13 — TRÈS BEAU DEVANT D'AUTEL en brocart d'or et velours rouge, dessin à médaillons brodés au chiffre M. V. surmonté d'une couronne, à arabesques et ornements, avec bandeau et montants

en velours rouge, richement brodé dans le même
goût. XVI° siècle.

Pièce rare et bien conservée.

14 — TRÈS BEAU DEVANT D'AUTEL, en soie rouge brodée
d'argent avec trois médaillons représentant, en
soie et or sur fond de velours rouge, la Madone
protégeant l'aigle de Rome, et deux aigles encadrés d'enroulements. Bandeau et montants en
velours rouge richement brodés d'or et de feuillages en or, argent et soie. XVI° siècle.

Remarquable de conservation.

TABLEAUX

BALLAVOINE

15 — *Jeune femme artiste peignant.*

BRAUWER

Attribué à ADRIAN

16 — *Intérieur flamand.*

Devant l'âtre, près d'une table chargée de verres, assis sur un escabeau, un fumeur bourre sa pipe; son compagnon s'est retiré dans le fond. On le voit de dos.

Haut. ... cent. Larg. ... cent.

CHARDIN

17 — *L'Écolier qui fait des bulles de savon.*

CUYP

18 — *Très beau portrait de Docteur à barbe blanche, costume noir.*

Signé à droite et daté.

DAUBIGNY

(KARL)

19 — *Paysage.*

DEFAUX

20 — *Faisanderie de Fontainebleau.*

Haut., 65 cent.; larg., 54 cent.

DELAROCHE

(PAUL)

21 — *Portrait d'Olivier le Daim, de la cour de Louis XI.*

DELACROIX

(EUGÈNE)

22 — *Le Printemps.*

Orphée accourant au secours d'Eurydice qu'un serpent a mordue.

Haut., 2 m. 4 cent.; larg., 1 m. 65 cent.

DELACROIX

EUGÈNE

23 — *L'Été.*

Diane au bain et entourée de ses Nymphes est surprise par Actéon.

DELACROIX

EUGÈNE

24 — *L'Automne.*

Bacchus descend de son char et vient consoler Ariane étendue au pied d'un rocher. Orphée lui tend la main et l'aide à se soulever.

Au-dessus de cette scène, un amour espiègle emportant une guirlande.

DELACROIX

EUGÈNE

25 — *L'Hiver.*

Junon, dans sa gloire, soulève les fureurs de Borée contre la flotte troyenne.

Ces quatre tableaux ont fait partie autrefois de la galerie de feu M. Émile de Girardin.

ÉCOLE DU XV° SIÈCLE

26 — Magnifique triptyque. Sur le panneau central :
*l'Adoration des rois Mages dans le temple ; sur
le volet de droite : Un Roi noir, en riche costume,
portant un ostensoir d'or ; sur le volet de
gauche : Un autre Roi portant un calice d'or ;
au fond se dessinent de nombreux guerriers
groupés aux portes d'une ville et se perdant dans
les paysages montagneux.*

Conservation remarquable.

ÉCOLE DU XVI° SIÈCLE

27 — *Charmant portrait de patricienne en riche
costume, parée de perles.*

Sur bois.

ÉCOLE DU XVI° SIÈCLE

28 — *Portrait d'un gentilhomme tenant ses gants
à la main.*

Sur bois cintré.

ÉCOLE ANGLAISE

29 — *Portrait de jeune garçon.*

ÉCOLE FRANÇAISE

30 — *Portrait de femme en costume Louis XVI*

FYT

31 — *Gibier mort sur une table.*

HOBBÉMA

32 — *Le Moulin.*

A droite, un troupeau de vaches et de moutons descend une route qui s'étend à l'infini, animée de personnages gagnant le village voisin que l'on aperçoit en perspective. Traversant un pont rustique, un paysan se rend au moulin qui occupe le milieu du tableau; à une fenêtre, on voit le meunier et, sur une route à gauche, un chasseur et un enfant accompagné d'un chien.

Teinte blonde, d'une grande finesse et bien conservée. (Signé à gauche.)

Provient de la collection du comte d'Herculais, de Lyon.

Bois., H. 0m61., larg., 0m80.

KONING

(SALOMON)

33 — *La Condamnation au bûcher.*

LEMAIRE

CASIMIR

34 — Les Fous.

LEMOINE

35 — Neptune conduisant son char, entouré de
Tritons et de Sirènes.

MAAS

NICOLAS

36 — Beau portrait de gentilhomme de l'époque.

MORO

ANTONIO

37 — Très beau portrait d'un gentilhomme en
costume noir, tenant ses gants à la main.

Cadre ancien en bois sculpté et doré.

PALIZZI

38 — *Berger sur un âne, ramenant son troupeau.*

SANTA CRUZ

39 — *Les Saltimbanques ; souvenir d'Espagne.*

SLINGELAND

40 — *Intérieur de cuisine.*

Au premier plan, une table couverte de natures mortes; à terre, des poissons et des chaudrons; au fond, une cuisinière épluchant des légumes.

Œuvre remarquable de délicatesse et de conservation.

TOURNEMINE
CH. DE

41 — *Les Bords du Nil.*

VAN DER MEULEN

42 — *Le Départ pour la chasse.*

VERNET

(JOSEPH)

43 — *Une des petites cascades de Tivoli.*

> Au premier plan, des pêcheurs et une pêcheuse tirent le filet.
>
> Signé sur le rocher : J. VERNET 1754.

> Haut., 47 cent.; larg., 62 cent.

VERNIER

44 — *Bateau sur la grève.*

VOUET

(SIMON)

45 — *Dame en riche costume, tenant un vase de la Renaissance dans les mains.*

ARGENTERIE

46 — Très belle aiguière avec plateau en argent
repoussé et ciselé, richement décorés de guirlandes de fleurs, d'écussons et d'enroulements,
couvercle à coquille. Époque Louis XIV.

47 — Beau coffret octogone en argent repoussé et
gravé, fond doré, orné d'émaux peints à sujets
allégoriques à la vie du Christ. Époque Louis XIII.

48 — Très beau coffret de forme à contours lobée
en argent repoussé et doré, représentant des
sujets allégoriques aux divertissements des
amours, avec bordures à tores de lauriers et couronné par un Bacchus à califourchon sur un
cygne.

49 — Joli coffret rectangulaire en argent repoussé
et doré, offrant en bas-relief des groupes d'amours,
des figurines et des cariatides de satyres se dé-
tachant en ronde bosse, Style Renaissance.

50 à 52 — Six jolies salières en argent repoussé et
ciselé, forme ovale, élevées sur quatre pieds à
consoles, ornées d'anses à têtes de béliers et décorées de guirlandes. Époque Louis XVI.

53 — PLATEAU à contours en argent repoussé, gravé
et partie doré, décor à coquilles, rinceaux et enroulements. Époque Louis XIV.

54 — DEUX BELLES SALIÈRES en argent ciselé, forme
ronde, décorées de scènes historiques et allégoriques à petits personnages entrecoupées de
niches avec figurines et dragons, posées sur
quatre têtes de chérubins. XVI° siècle.

55 — JOLI COFFRET rectangulaire en argent repoussé,
offrant sur chaque face des décorations dans le
goût chinois à figures, fleurs et oiseaux. Dessus
en jaspe, monté sur quatre griffes.

56 — PETIT COFFRET en argent partie doré, surmonté d'un lion couché, décoré d'accessoires. Époque
Louis XIV.

OBJETS D'ART & D'AMEUBLEMENT

57 — TRÈS BEAU LUSTRE en cristal de roche, monture en bronze, surmonté d'une couronne fleur-
delisée et richement orné de pyramides, de
pendeloques et de guirlandes, avec boules au
centre. Époque Louis XIV.

58 — TRÈS BEAU MEUBLE en bois sculpté doré, cou-
vert en ancienne tapisserie du temps de Louis XV,

représentant des médaillons à oiseaux et animaux encadrés de rocailles, de fleurs et d'enroulements, composé d'un canapé et huit fauteuils.

59 — BEL ÉCRAN en bois sculpté et doré, garni d'ancienne tapisserie. Époque Louis XV.

60 — JOLIE TABLE en bois sculpté et doré à l'or vert et à l'or jaune, avec bandeau partie à jour, décor à rosaces et guirlandes. Style Louis XVI.

61 — TRÈS BELLE PENDULE formée d'un groupe en marbre blanc, représentant deux nymphes de chaque côté d'un monument implorant l'Amour qui couronne le mouvement. Monture en bronze ciselé et doré au mat. Style Louis XVI.

62 — PAIRE DE BEAUX CANDÉLABRES en marbre blanc, forme de brûle-parfums supportés par trois cariatides d'amours élevés sur des pieds de bouc et surmontés de bouquets de lis à sept lumières en bronze doré. Style Louis XVI. Les bouquets se détachent et peuvent être remplacés par des couvercles en marbre montés en bronze, qui les accompagnent.

63 — TRÈS BEAU MEUBLE : bibliothèque d'aspect monumental, en bois d'acajou sculpté et orné de fine marqueterie, offrant en haut-relief des sujets, des rosaces et des enroulements, couronné par un fronton, style de grande décoration.

64 — GUÉRIDON en bronze doré. Style Louis XVI.

65 — *Lionne couchée*, bronze de Barye.

66 — PAIRE DE VASES en bronze du Japon, supportés
par des têtes d'éléphants.

67 — JOLIE STATUETTE en marbre blanc : *la Bai-
gneuse*, d'après Allegrain.

68 — BELLE STATUETTE en marbre blanc : *Mignon*,
de Faure de Brousse.

69 — BEAU GROUPE en bronze, de trois figures :
la Danse des Nymphes.

70 — GRANDE GARNITURE DE CHEMINÉE en bronze
partie doré, composée d'une pendule avec sujet
allégorique à l'automne; composition de figures
de faunesses, nymphes et bacchantes jouant avec
des petits Bacchus, deux candélabres avec bouquets à dix lumières, portés par des groupes de
faunes et de bacchantes, montés sur de grands
rocailles de style Louis XV.

71 — TROIS BELLES PIÈCES DE SURTOUT en bronze
ciselé et doré, enrichies de pierreries, forme de
monument, avec figures style Renaissance, dans
leurs écrins.

72 — GRANDE ET BELLE CHEMINÉE d'aspect monumental, en bois sculpté. Style Renaissance.

Haut., 3 mètres; larg., 1 m. 20 cent.

73 — TRÈS BELLE CONSOLE en bois sculpté et doré, grand modèle Louis XIV, avec dessus en marbre.

74 — BELLE TABLE en bois sculpté et doré, époque Louis XV, dessus en marbre.

75 — DEUX CONSOLES en bois sculpté de la Renaissance.

76 — FRONTON en bois sculpté de la Renaissance.

77 — TABLE EN MOSAÏQUE ancienne, avec étoile au centre.

78 — BEL AMEUBLEMENT en tapisserie d'Aubusson, non monté, composé d'un canapé et six fauteuils, XVIIIᵉ siècle.

79 — TABLE en mosaïque de marbre de couleur, dessin à damier.

80 — TABLE en onyx de Californie.

81 — AUTRE TABLE en onyx de Californie.

82 — BEAU BUREAU de l'époque de Louis XIV, en marqueterie.

83 — GRAND VASE en porcelaine de Sèvres gros bleu à médaillons, monture en bronze.

84 — COFFRET en bois finement sculpté. Travail de *Bagard de Nancy*.

85 — COFFRET en laque ancienne, décor à rehauts d'or.

86 — VASE en porphyre, monture en bronze Louis XVI.

87 — TABLE à coquillages fond gris. Travail curieux et ancien.

88 — AUTRE TABLE dans le même goût.

89 — PLUSIEURS BLOCS DE PORPHYRE oriental.

90 — ONZE MOSAÏQUES, pierres dures pour carrelage.

91 — STATUETTE en marbre blanc : *l'Innocence*, de V. de Vin.

92 — STATUETTE en marbre blanc : *le Réveil de la Sultane*, de V. de Vin.

93 — TRÈS BEAU MEUBLE en marqueterie style de
Boule, dessin à rinceaux et guirlandes sur fond
de cuivre et d'écaille de l'Inde, avec panneau
central en ressaut, très richement orné de bronzes
dorés, à figures allégoriques de Cérès et
d'amours, mascarons, trophées et enroulements.

94 — GLACE avec cadre à fronton en bois sculpté et
doré. Louis XVI.

95 — LANTERNE en cuivre repercé et gravé inspiré
de style oriental, forme originale.

96 — SIX COUSSINS de fantaisie.

97 — PAIRE D'APPLIQUES style Louis XV, en bronze
doré à quatre lumières.

98 — TABLE DE NUIT en acajou, s'ouvrant à cou-
lisses. Époque Louis XVI.

99 — TABLE en marqueterie. Époque Louis XVI.

100 — BUSTE en terre cuite : *le Printemps*, de Carrier-Belleuse.

101 — GROUPE en terre cuite pour pendule. Maquette
de Carrier-Belleuse.

102 — BEAU MEUBLE d'appui en acajou s'ouvrant à
deux portes ornées de panneaux en vernis
Martin, fond d'or à personnages, d'après Watteau,
avec bandeau à guirlandes de fleurs et colonnes
détachées sur les côtés, garni de cuivre poli,
dessus en marbre brocatelle d'Espagne. Style
Louis XVI.

103 — BUREAU CYLINDRIQUE formant bonheur du
jour en acajou, décoré de vernis Martin, à sujet
enfants sur fond d'or, orné de bronzes et de
cuivre, dessus en marbre brocatelle d'Espagne.
Style Louis XVI.

104 — JOLIE PETITE TABLE forme cœur en vernis
Martin, fond d'or, décor sujets Watteau, ornée
de bronzes dorés. Style Louis XV.

105 — PENDULE du temps de Louis XVI en bronze
partie doré, représentant une bacchante enlevée
sur le mouvement, porté par deux enfants à
califourchon sur des béliers.

106 — PETIT BUREAU de forme bombée en marqueterie de bois. Style Louis XV.

107 — PAIRE DE BELLES GIRANDOLES DE TABLE en
bronze ciselé et argenté, style Louis XVI, à sept
lumières.

108 — FLAMBEAU A BOUILLOTTE en bronze doré. Style
Louis XVI.

109 — PENDULE en marqueterie, style Louis XIV,
ornée de bronzes polis.

110 — DEUX TORCHÈRES en bronze du XVIe siècle,
représentant des figures d'enfants, des têtes de
chérubins et des ornements ciselés en bas-relief
et en ronde bosse.

111 — GRANDE TORCHÈRE du XVIe siècle, supportée
par des cariatides de femmes ailées, décorée de
figures d'amours, de têtes de chérubins et d'ornements.

112 — STATUETTE en bronze : *Mercure*, sur socle en
marqueterie de Boule.

113 — STATUETTE en bronze : *Zéphyr*, sur socle en
marqueterie de Boule.

114 — SATYRE en bronze florentin du XVIe siècle,
formant encrier et flambeau.

115 — DEUX FLAMBEAUX en bronze finement gravé.
Travail vénitien, attribué au XVIe siècle.

116 — TRÈS CURIEUSE CEINTURE en fer ciselé et finement découpé à jour, à fond fleurdelisé, offrant

au centre sous un arceau ogival le groupe de la
Vierge et l'Enfant, de chaque côté des figures
d'apôtres sous des clochetons. xve siècle.

Pièce intéressante par sa conservation.

117 — DEUX STATUETTES : *Vénus au bain*, bronzes
du xvie siècle, socles en bois noir.

118 — DEUX BEAUX GROUPES en bronze, patine rouge,
représentant *l'Amour endormi* et *l'Amour
éveillé*. Époque Louis XIV.

119 — JOLIE STATUETTE en bronze : *Vénus accroupie*,
sur socle en marqueterie de Boule orné de bronze
doré. Époque Louis XIV.

120 — JOLIE STATUETTE en bronze ; *le Rémouleur*,
sur socle en marqueterie de Boule orné de
bronze doré. Époque Louis XIV.

121 — GRAND ET BEAU GROUPE en bronze représentant deux nymphes portant chacune un amour,
sur socle en bronze doré.

122 — PAIRE DE TRÈS BEAUX CANDÉLABRES en porphyre rose d'Égypte richement montés en bronze
doré, à six lumières.

123 — STATUE en bronze : *Ceinture dorée*, de D'ÉPI-
NAY.

124 — DEUX STATUETTES en bronze de BARBEDIENNE.

125 — DEUX STATUETTES en bronze ; *les Danseurs Napolitains*, de BARBEDIENNE.

126 — STATUETTE en marbre : *Bacchus*, de D'ÉPINAY.

127 — PAIRE DE FLAMBEAUX en bronze. Style LOUIS XVI.

128 — DEUX FLAMBEAUX en bronze, formés par des statuettes de D'ÉPINAY.

129 — PETITE CONSOLE en bronze, modèle à volute, recouverte de velours rouge.

130 — BUSTE de Jeune Vénitienne, en bronze.

131 — TABLE en marqueterie à fleurs formant jeu de trictrac et d'échecs. Époque Louis XV.

132 — JOLIE PETITE TABLE en bois rose garnie de bronzes finement ciselés et dorés ; dessus en marbre blanc. Style Louis XV.

133 — BEAU BAROMÈTRE rond en bois sculpté et doré.

134 — PETIT TABLEAU en broderie représentant une bergère, cadre en bois sculpté.

135 — JOLI CARTEL en bronze doré, modèle à rinceaux d'où s'échappent des animaux fantastiques. Époque Louis XV.

136 — PAIRE DE JOLIS VASES LOUIS XVI en bronze doré, forme ovoïde, décorés de guirlandes de fleurs ralliées à des têtes de béliers.

137 — DEUX BEAUX VERROUS LOUIS XV en bronze finement ciselé et doré.

138 — GRANDE ET BELLE PENDULE LOUIS XVI, DE THOMIRE, représentant des allégories du *Chant* et de la *Musique*, bronze patine brune, sur un socle orné d'un bas-relief : Jeux d'enfants.

139 — PENDULE en bronze doré, ornée de plaques en porcelaine pâte tendre de Sèvres, décorées de scènes pastorales. Travail moderne.

140 — SIX CHAISES en bois laqué noir rehaussé d'or, couvertes en ancienne tapisserie de Beauvais, offrant aux dossiers des médaillons à sujets champêtres et sur les sièges des allégories aux fables de La Fontaine entourées de guirlandes de fleurs. Époque Louis XIV.

141 — BEAU HAUT-RELIEF sur ivoire représentant le grand Condé à la bataille de Fribourg. Composition de nombreuses figures. Cadre en bois noir sculpté.

142 — BELLE GARNITURE DE LIT en tapisserie au point de l'époque Louis XIV, représentant des médaillons à petits personnages et de grands dessins à enroulements. Montée sur un lit à colonnes torses.

143 — AMEUBLEMENT : quatre chaises, deux fauteuils et deux tabourets en tapisserie de la même époque.

144 — JOLI BUREAU en bois de rose et de violette, richement orné de bronzes ciselés et dorés, offrant au milieu une plaque en porcelaine décorée, formant étagère sur les côtés, orné de marqueterie à l'intérieur. Style Louis XVI.

145 — ROBE DE MANDARIN, en satin bleu richement brodé.

146 — PIANO A QUEUE en palissandre, d'Érard.

147 — OBJETS DIVERS D'AMEUBLEMENT non catalogués.

148 — GROUPE EN MARBRE : *Nymphe et Satyre*, d'après Clodion.

BIJOUX

149 — TRÈS BEAU COEUR, composé au centre d'un gros brillant entouré de deux rangs de brillants, suspendu à un chaton monté d'un gros brillant, avec bélière formée de trois petits brillants.

150 — PAIRE DE BOUCLES D'OREILLES : brillants solitaires.

151 — BRACELET enrichi de brillants.

152 — BROCHE en brillants.

153 — BAGUE MARQUISE en brillants.

154 — BROCHE DE CORSAGE, forme bouquet en brillants.

155 — BRACELET en or, enrichi de perle et brillants.

156 — BIJOUX DIVERS anciens et modernes.

RED. :

23

graphicom

0 1 2 3 4 5 6 7 8 9 10